詩集

追尋《ついじん》

――言葉を紡いで――

村山 砂由美

文芸社

詩集

追尋《ついじん》

――言葉を紡いで――

目次

31w4d

介護する前のこと

とてつもない怒り

生命《いのち》の故郷《ふるさと》

福の神様の足あと

31
w
4
d

31w4d（31週4日目）

それでも産まれてくるという
　こんなちっちゃい姿をして
人はよく
「好きでこの世に産まれてきたわけじゃない」
とか
「産んでくれと頼んだわけじゃない」
とか
言うけれど
やはり　それは間違いで
　好きで自分で
この世に産まれてくるのだと思う
「この親にしよう」そう考えて

そこへ産まれてくるにちがいない
　なぜって？

まだ親が気のつかぬ頃からお腹の中にいて
気がつくとすでにへその緒をつけて
栄養を吸い取っていたり
次第に大きくなって
羊水の中で動き回っていたりする

やはり　あなたは
「好きで産まれてくるのです」
あなたは産まれる前から
　あなたであって
　　立派に一個人です

まだ互いに見知らぬ者同士が
親子であるのではなくて
親子になるのであろう
顔を見合わせ「初めまして」で始まって
親は親に
　子は子に　育っていくのだろう

私は　あなたの母になりたい

抜殻

夏の日に
木の根元にコロンと
転がっているセミの抜殻
肉体も精神も何もかも出て行って
あとに残っているのは
薄茶色の薄皮でできた
空っぽなそれ・・

誰かが知らず知らずにグシャリと
踏みつぶしてしまったセミの抜殻
形も姿も粉々に砕け散って
あとに残っているものは

薄茶色の薄皮の破片という
残骸《ざんがい》のそれだと

病院の師長はのたもうた
「あなた達は抜殻なんだから」
未来も希望も産んでしまった
何もかも産んでしまった
「３０２５ｇ《グラム》です」
何かが私の体の奥で
カチッと嵌《はま》る
嗚呼《ああ》、
やっと終わったんだね

あとはしばらく
そっとそっと

横たわらせて
それのように
湿った木の根元の
薄暗い
土の上でいいから
お願いだから

セミは飛び立ったの？

まなざし

その真摯《しんし》なまなざしに
ひるみそうになった
—私を見ている—
じっと
我が子が私を見るそのまなざしは
なんと無垢《むく》で純真な力に
満ち溢《あふ》れていることよ
そうだ
私は親になったのだ
八ヶ月の我が子が
ここにいる

あれは私が幼かった頃
いつだったかは忘れたけれど
私も
この子と同じまなざしで
親の目を
見たことがあったのを
よく覚えている

子はひたすら親を追い求め
親は子をただ受け止めるしかない

きっと私の親も
まっすぐに私が見つめるのを見て
ひるんだに違いない
私を見て困惑し恐れたに違いない

いつの世も
同じことの繰り返し

この子は
これからも幾度となく
このまなざしで

未熟な親を
はっとさせるのだ

抱擁

愛し方のわからない私が
部屋で呆然と立ち尽くしている
親の抱擁を
あまり知らぬまま
大人になり
親になり
我が子を前にして
途方に暮れている

愛したいのに
どう
手を差し伸べたら良いのか
わからない

気付くと
感情のまま叱っている
自分がいる

このままでは
駄目だ
助けて欲しい

でも
この胸の内を

誰が
わかってくれるだろう

やわらかな膝の上に頭を乗せて
そっと撫でてもらいたい
きつく抱擁して離さないで欲しい

そうしたら
うんと優しくなれるから
ずっと優しく居られるから

胎内記憶

お人形を抱えた彼女は
そのショートカットの髪の毛を
何度も梳《と》かしつけていた

丸顔で睫毛《まつげ》の長い彼女を妊娠したことは
すでに遠い記憶の引き出しの
奥深くへと
しまい込まれてしまい

熟《う》れすぎたスイカのように
膨《ふく》らんだ私の腹は
かなり目立たぬほどに萎《しぼ》んで

ちょっと前までは
ひと滴《しずく》だけが出ていた乳汁《にゅうじゅう》も
涸れ果てて
すっかり出なくなった

彼女の丸い頭の上を嗅《か》いでみても
もう全く乳の甘い香りはしない

そんな時に何を思ったのか
「もっとお腹の中にいたかった！」と彼女が言った

聞いたとたん私の脳裏に
鮮やかに妊婦の頃のことが蘇《よみがえ》ってきた

医師からの「安静に」の言葉どおりに
毎日体を横たえ
待ち続けて
与えられた小さな命を
ひたすら守ることだけ考えた日々

それから四年の月日が流れて
今また機嫌を直した彼女が
折り紙で水色の財布を作っている

幾世代も紡ぎ合い続けてきた命の蔓《つる》が
彼女にもしっかりと繋《つな》がり
次世代へと紡がれていくのだ

詩を作ること

ひとしきり騒いだ子どもたちは
小さな寝息をたて
夫はいびきをかいて寝ている

一日の幕が下り
静寂が広がる
深夜十二時

今日のことを反芻《はんすう》しながら
ひとりで
パソコンに向かう

キーを打つ手が
リズミカルに動き始める
そこに脆弱《ぜいじゃく》さはない

深遠なる思想も
甘美な歌声も
持ち合わせてはいないが

確かな営みがある
何よりも守りたいものがある
安らかな居場所がある

だから私は詩作する
私のために
詩作する

樹木が水を吸うように
言葉を吸って
紙に撒く

ひんやりと漆黒の夜は更け
玄関先のマリーゴールドは夜露に濡れる
そして猫は足音をしのばせる
またひとつ詩ができる

夜汽車

港は深い闇を湛《たた》え
コンビナートの炎が揺れる

人々は寝静まり
ポー　シュッシュ　ポッポ

夜汽車がどこかで想い出の欠片《かけら》を
ひとつひとつ拾い集めて
駈けて行く　駈けて行く

紺色のベルベットのワンピース
羽飾りのついた白い帽子

千歳飴を手にした私
隣には母

何かを摑みたくて
母が昔　していたように
とっさに
エプロンのポケットに手を入れても
十円玉が一枚入っているだけ
現在《いま》という名の終着駅についた

我が子の寝顔を覗いて
手を握り
タオルケットを掛ける

パジャマに着替えて添い寝して

闇の中に溶け込む
空には黄金の星
瞬く間に
脇をすり抜けて
夜汽車が
時という線路を
駈けて行く
轟々《ごうごう》唸《うな》りながら

今

ささやかな喜びに浸りつつ一日が過ぎてゆく
昨日より今日、今日よりも明日

木乃伊《ミイラ》のように疲れ果てて眠る日もあれば
野うさぎのように跳ねた心で寝る夜もある

そんな日々の営みに
育児が加わって

子どもが
頭を撫でるごとに
擦《す》り寄ってくる

「おかあさん」
ただその一言が嬉しくて
給食エプロンに
きゅっきゅっとアイロンをかける
小さな指を絡めてくるのも
あとしばらくの間だけかもしれない

一日の行き過ぎるのは余りにも速くて
息つく暇もない時も多々あるけれど

我が子を想う時
胸に血潮が集まってくる

布団からはみ出した足も

短くなったトレーナーの袖も
見慣れたはずなのに
はっとしたりする

今がいい
今が
ゆっくりと
流れて行ってくれれば

そう思う

天の花

コンビナートの夜景を背にして
ポートビルが聳《そび》え立ち
港にゆっくりと船がやって来る

花火大会が始まると
深い闇が消え
一面に光を帯び
何輪もの大輪の花が咲いた

朝顔、向日葵、薔薇、紫陽花
幾重にも変化して
空間を飾り

一つまたひとつと
限りを尽くして天に舞う
尾を引き蛇の如くくねりながら

「まるで人生のようだ」
ぽつんと呟《つぶや》かれた言葉に
静寂が影を添え
波紋が広がる

目の前には子どもが二人
初めて連れて来たというのに
芝生の上に敷いたシートに
寝そべって見ている

若いつもりで駈け抜けてきた日々

天の花が一つ咲くごとに
重ねてきた時の重みに戸惑う

偶然が絆を結び
未来へ橋を架けていく
伴侶が密やかな場所を届けてくれた

これからも
共に花を咲かせたい
生の狭間に

介護する前のこと

介護する前のこと 1

母が
そんなにも疲れていたなんて
知らなかった

丸太ん棒のように倒れて
ゴロンと横たわった
その姿は
やさしい言葉をかけてくれる
いつもの母の姿ではなかった

始発電車で帰る途中
電車が動き出して

母はお手洗いに立ったけれども
なかなか戻って来なくて
見に行くと倒れていた

やせっぽちの父は
よろよろとふらついて
重すぎる母を担《かつ》げず
車掌さんに担いでもらって
次の駅で降りて
近くの病院へ救急車で急いだ

脳溢血とドクターの診断がおりて
母からイヤリングと指輪がはずされ
私の手に渡された
私はそれを握りしめた

まるで手からコップが
すり抜けて落ちて割れるように
突然時間が止まった

その夜から父と私と交代で
病院での泊まり込みの
看病生活が始まったが
世間はまだ正月気分で浮かれていた
そんな頃だった

介護する前のこと　2

朝日が昇る
それだけのことだが
嗚呼《ああ》、なんとまあ素晴らしいことか

病室の窓越しに差し込む光は
目映《まばゆ》いばかりに黄色く
パイプベッドを照らした

夜通し
病室で母の看病をしていた私は
ベッドの横に敷いた布団の上で
夜の明けるまで

ほとんど寝ずに起きていて
背中が痛かった

夜が
こんなにも長い時間の闇の世界だとは
誰も知るまい

魑魅魍魎《ちみもうりょう》が跋扈《ばっこ》する闇
いつ
母が天に召されても
おかしくない

お願いだから母を連れて行かないで
と、目を閉じて私は何度も祈った
それしかできなかった

真っ暗な病室に母と二人きり
自動呼吸装置が
規則正しく動いて
ランプが光る

こんな看病生活が
父と叔母と三人で交代しながら
一ヶ月続いた

夜が恨めしかった

介護する前のこと　3

意識を取り戻し
母は奇跡的に助かり甦《よみがえ》った

しかし母は喋れなかった
しかし母は笑わなかった
しかし母の体の半分は麻痺していた

そして母は子どもに返った

確かに私が母の子どもであったはずなのに
今は母が私の子どもであるかのように
私が母に食事をせっせと口に運んで食べさせた

母は何もできなかった

流動食を鼻のチューブから流し込んでいたのが
おも湯になり、おかゆになり
差し入れの刺身まで食べるようになった

私は母のベッドの横で布団を敷いて眠り
ひたすら看病に明け暮れ
病院前の小売店で夕飯を調達して
病院の風呂に入って
病院の屋上で洗濯した

喋らず笑わない母に何度も何度も語りかけ
マッサージをしてやり
兎《と》にも角にも我を忘れて母に尽くした

自分の本能がそうさせたのだ

母が元通りでないことが悲しかった
しかし母が甦ってくれたおかげで
私はまた自分の居場所を確保することができたし
無くてはならない存在になれた
母には私が必要であった
そのことが何より一番大事なことだった
他の誰一人として私の代わりを務めることはできなかった
たとえ父であろうと、叔母であろうと

介護する前のこと　4

ただ母のベッドの傍《かたわ》らに日がな一日ついていて
身の回りの世話をしているだけで時間が過ぎていく

朝六時に起きて
朝ご飯　診察　昼ご飯　夕飯
一日の営みは　すぐ廻《めぐ》って来る
その途中お客さんが来れば対応しなければならない

足りない物を買い出しに出かけるときが
唯一自分の時間なのに
母のことを思うと小走りになる

度々《たびたび》母の様子を気遣いつつ一日が終わる
夜　母のベッドの傍らで寝る
その繰り返し

仕事も休んでいる
けれども母がいた

母がいるから
生きているから
私は　ここにいた

今まで母にたくさん面倒をかけてきた

もう一度だけでも
母の手料理を食べたかった

笑顔が見たかった

リハビリの真似ごとみたいなことをして
触れた母の肌は温かくて
ずっと触れていたかった

こんなに長い時間
母の傍らで過ごすのは無いことだった
赤ん坊の時以来の母との蜜月

そのうち
三ヶ月が過ぎ
別の病院に転院することになり
病人用タクシーで母と帰った

マイ ウエディング

黄色や赤の花が飾られ
白いテーブルクロスのかかった
丸いテーブルに

スーツや着物を身につけて
背筋を伸ばして座る招待客

天井には輝くシャンデリア
高らかにカリヨンが鳴り響く

新婦の私は父の手を取り
裾の長い純白のウエディングドレス姿で

バージンロードを
一歩一歩踏みしめて歩き

濃いピンクのドレスに着替えてからは
満面の笑顔で
次々にキャンドルに点火

両親へ花束贈呈の時になって
母は泣いていた
人目も気にせずに

母が倒れてから
こんな日を
母と一緒に迎えられるとは
信じられなかった

左半身の麻痺だけ残して
ほぼ以前通りに戻った母

胸がいっぱいで
食事には手をつけられなかった私

最後のウエディングソングが流れ
招待客たちは式場を後にする

人生の特別な日
母に乾杯

母の旅立

午後三時
母は
私と父の手をとって
あの世へスーッと旅立って行った
まるで飛行機が離陸するかのように

針供養の日だという
その日は
お針子として腕利きの母に
あまりにもふさわしかった
昭和に生まれ
思春期青年期は戦争中で

厳しく辛く苦しい世を生きてきたが
母は何も語らなかった
小学校の卒業アルバムにあった
赤い洒落た上着を着た
おかっぱの少女が私
とだけ教えてくれた

祭壇には海の物と山の物
残した針さしには
黄色・ピンク・水色・赤色・緑色
色とりどりのまち針があり

そしてまた
暑い夏がやって来る

幻想

昨日の昼、銀行へ行った時
亡くなった母に
そっくりの人を見た
――いや、会った――

小柄《こがら》でショートカットで
茶色のトレーナーを着て
灰色のズボンをはいて
とっとっとと歩くその姿は
あまりにも似すぎていて
目が釘《くぎ》付けになる

「佐藤さん、どうぞ」
受付の人の声に応じて
動き出したその人は
実は全くの他人で
私もハッと我に返ったが、
よく似ていた

折しもこの日は、
母の墓地が決まる日で
父が午前中に
下見に行っているはずだった

母は確かに
私に会いに来た
笑いかけるわけでもなく

ただ亡くなる前の少し元気な姿で
——母は何を言いに来たのか?——

あとで父にこのことを話すと
「安心しろ」ということだろう
と言った

この日は空も朝から曇り空で
銀行の外へ出てみると
目の前に
大きな七色の虹がかかっていて

何だか不思議な日であった

父の贈り物

「ほらっ」
と父は私の掌《てのひら》の上に
黄金《こがね》虫を乗せた

緑色にキラキラと輝き
その背中は
日の光で色を変えて
まばゆいばかり

まだ幼い私に
父がいつもくれるのは
数多《あまた》の昆虫

黄金虫、てんとう虫、
もんしろちょう、だんご虫
とのさまバッタ、赤とんぼ

父の手から
私の手へと
渡される
数多の昆虫

(親子となり絆《きずな》を結び
手渡される虫達は
前世からの約束事か
印籠《いんろう》か)

そんな父は
もういない
逝《い》ってしまった

庭の
薔薇の葉にとまる
黄金虫を見ると
あの日の父の
大きな手が蘇る

追《つい》懐《かい》

社宅の庭の垣根には
たくさんの虫が訪れ
梨や苺や柿が生《な》り
近所の子どもが集まって
小さな住処《すみか》であることを忘れさせた

母の手作りの
人参ジュースに
舌鼓を打って
豊かな頬《ほお》をさらに膨らませていた頃の
淡い記憶は

何層も重なり合い
虹色の夢を織りなし

錆《さ》びついて軋《きし》むブランコを
思いっきり漕ぐように
揺れて空へ向かった

運動会
鈴鹿音頭が運動場いっぱいに広がって
赤帽白帽も輪になって
手は斜めに右左
歩みを揃えて

休み時間は
逆上がりや連続回り

鬼ごっこに
ゴム跳び
ケンパ

家路を急いで
やわらかな幻想の地平線で迷子になり
いつの間にか
焦げて穴の開いたズボンを穿《は》いた
父の胡座《あぐら》の中に座っていた

「ただいま」
幻影を辿《たど》って
あの日に帰った

モノクロームの残像

あの日確かに薄《うす》羽《ば》蜻蛉《かげろう》に出会った
薄黄緑のか細い肢体に見とれて我を忘れた
そんな想い出が
脳裡で残像となって
交互に震えながらフラッシュバックする

一人ぼっちになるまいと
おかっぱ頭を振り乱し飛び出た放課後
オレンジ色に大きく迫る夕日に怯えて
急いで自転車を蹴って家に帰った
公園でブランコが二つ揺れていた

堆《うずたか》く積もったモノクロームの残像は
眼前のアスファルトと絡まって
不透明な明日へ誘っていく

汚泥を踏みしめて
川で鮒《フナ》を手づかみしたことも
歓喜だけ残して
焼き付けられ

砂埃《ほこり》舞う道を
馬が荷を引いて通って行ったことも
驚嘆だけ残して
収められていく

社宅に住んでいた幼子は

いつも想いが満たされることなく飢えていた
どうしても何かを捕まえたくて野原に行った

カシャカシャカシャ
自由が音を立てて変貌していく
集団は解散されバラバラに散って
後には個人がグラウンドに立ち尽くしている

モノクロームから
カラーへと

とてつもない怒り

とてつもない怒り

なぜ、そんなことをしたのだ
なぜ、そうしなければならなかったのか

理由はあるにせよ
してはいけないことは、すべきではなかった

悶々ともだえ溜まる心の奥底のマグマが
今まさに噴き出んとして
ふつふつと煮えたぎる

愛するが故
君を叱る

とてつもない怒りが君に対して沸き起こる

この怒りは
山へ行っても、海へ行っても
街へ行っても、田舎へ行っても
鎮火しそうにない

結局
君は今、私を必要としていますか

そうでない
ならば

こんなにも

とてつもない怒りを覚えることはなかったのに
あなたの存在が悔しいほど
心に張り付く

試験監督の時に見た夢

期末試験の二日目
今日の一時間目は英語のテスト
テスト開始のベルが鳴り
着席した生徒たちに
問題用紙が配られる

あちらでも、こちらでも
さらさらとシャーペンが動き
英単語が書き込まれていく
静謐《せいひつ》な教室

目の前の生徒たちの夢は

二十代で家を建てること
楽しく明るい家庭を作ること
エンジニアとして工場で働くこと
小学校の教員として自分の力をためすこと
声優として映画の世界で有名になること

それらが叶うことを夢見て
生徒たちはテスト用紙に夢を描き続け
そして一人ひとり巣立っていく

もし
人の夢と書いて儚《はかな》いという漢字になるが
夢が儚いのではなく人の世が儚いのだよ
と言ったら

彼らはみんな
そんなことはどうでもいい
やりたいことが夢になるのさ
そう言うだろう

またテストが始まる
二時間目は国語のテスト
あちらでも　こちらでも
答えが書き込まれていく

撫《な》でる

授業中
いよいよ卒業を迎える子どもたちを
教壇から見渡す

皆板書をしっかり見て
こちらを時折
最後の授業だと知ってか
見つめている

一人の子が
ノートを取ろうと俯《うつむ》いた時

私は
ふと　見えない手で
その子の頭を撫でていた
そして次は隣の子
そしてまた更に隣の子を
次々と撫でていた
緑児を撫でるように
縁あって関わった子どもたち
一人ひとりを
確かめるように

その授業の
終わりのベルが鳴るまで
撫でていた

ぼんやりとした一日

ぼんやりとした一日が過ぎていく
誰と会うでもなく
何処《どこ》へ行くでもなく
ぼんやりと時が過ぎていく

美味しいものを作って食べるわけでもなく
映画のＤＶＤを見るでもなく

ただ
ぼんやりと一日が過ぎていく
けれどもそれが実に良いのだ
なぜだか夢心地なのだ

とてつもなく
長く感じられる時間の中で
世のしがらみの中でくしゃくしゃに丸まった
心の襞《ひだ》という襞にアイロンをかけ
伸ばし尽くす
日々の事柄の中で
人間関係という複雑な網に
まとわりつかれながら
自分というガラス細工を守るのに精一杯で
へたりこんでしまいそう

でも
こんな
ぼんやりとした一日があれば

忘れかけていた友達のことを思い出したり
やり忘れていたボタンつけをしてみたり
冷蔵庫の残ったチーズをかじってみたり
何でもないのに
まるでパズルのピースが
はまるように
時が埋まっていく

ぼんやりとした一日は
実は必要不可欠な一日に違いない
みんなに平等に与えられた

氷砂糖を噛んだら

きのう甘いものが欲しくて
食器棚に手を伸ばしたら
丸い缶を見つけた

中の氷砂糖を噛んだら固くて
甘さが口中染みついた

コロコロと口の中で舞う
透明な四角い固体が
その存在をアピールする

甘さがじわりじわりと体に濃く浸みこんで

一人の人間と同化していく

肉体の各細胞が目覚め活動し始め
ゴトンコトンストンと音を立てる

ゆっくりと糖分という名のエネルギーが満ち
脳に記憶が甦り
前頭葉の知識は綺麗に整理される

視神経にも指令が下され
眼前に鮮やかな視界が広がる

漲《みなぎ》るパワーを得た
はずだったが

こんな春雨の降る肌寒い晩に一人
氷砂糖を噛んでいることに気付いた
甘さや固さに押しつぶされそうになりながら
一人噛んでいたことに

冴え渡った脳を
弄《もてあそ》ぶかの如く
口の中で躍り跳ねた氷砂糖は
最後には跡形もなく溶けてしまった
誰にも分からないように

買えない物

今までどうしても買えなかった
自分のそばには存在しえなかったそれは
１６９円の小さな瓶《ビン》
甘くとろけるような芳醇《ほうじゅん》な香り

クッキーを焼くときそれは登場する
ここぞというときに
活躍してくれる
入れるだけで
本格的に
変わる

今までの人生の中に
それは無かった
どこにも無かった

なにせ
自分でクッキーを焼いたことが無いのだから
仕方が無い
使う機会が無いのだから

人にはどうしても買えない物がある
買ってみたくても
どうしても
買えない物がある

それを買うと

人生の何かが変わってしまいそうで
怖いのだ
そんな物が
必ずひとつはあるはずだ
それは何だろう？

けれども
買えない物を
とうとう買ってしまったりすることがある
私のバニラエッセンスのように

置いてきぼり

置いてきぼりをくった
部屋を見回しても誰もいない

置いてきぼりをくった
ほんの一瞬の惑いが悪かった

置いてきぼりをくった
後悔したら遅かった

置いてきぼりをくった
泣いても叫んでも無駄

置いてきぼりをくった
本当は皆で示し合わせて
置いてった

そう思ったら
心のガラスの鉢《はち》に
ビー玉が二つ
カラコロと音を立て
転がった

気泡を含んだ淡い緑のそれと青い澄んだそれ

残されたビー玉は
転がり終えると
静かにガラスの鉢の真ん中で止まった

置いてきぼりをくったのだろうか
置いていったのは
きっと
ビー玉が囁《ささや》いた

時の捕虜《とりこ》

誰も知らないうちに
時計が一秒違《たが》わず
時を進めている

人々は嘆息を漏らしながら懊悩《おうのう》し
放恣《ほうし》な欲望を弄んでいる

理想と現実の乖離《かいり》に悲鳴を上げてはいまいか
時計の針が重みを増してゆっくり持ち上がる

時の捕虜となった今
小さな居場所に固執して

妬《ねた》み争っている場合ではない

文字盤の上に嵌められた透明な硝子《ガラス》が曇って
文字が見えなくなってしまってはいけない
秒針の滑らかな進みを止めてはいけない

銀色に染められた枠《わく》組みの確かさに感謝し
時を進めてしまおう
時の鋼《はがね》は曲げられないから

もっと
気付かぬ振りをして
正確に時を刻むのだ

それが使命

それが宿命
電波時計が壁に吊されて
今日も静かな微笑みを湛えている

生命《いのち》の故郷《ふるさと》

生命《いのち》の故郷《ふるさと》

すいこまれるような青い海
砂浜に足が沈む
海に入ると
水中をシャーッシャーッシャーッと泳ぐ魚たちがいて
とてもつかまえられそうにない

白と緑のビーチパラソルの下で大人は寝そべり
こどもは海で　照りつける太陽なんか忘れて　泳ぎ　遊び　水しぶきを上げる
銀色の玉が空中に躍る

口に入った水はしょっぱくて
娘が

「誰かが、お塩いれたん？」と聞いてくる

この塩水の中には　昔から生き物がいて
人も　もとは海から生まれた
だって
人の血液には塩分が必要じゃないか
やわらかな母の子宮の中は
海みたいじゃないか
人は母の子宮の海の中でプカプカ漂って　そして生まれてくる

塩が無くては　海ではない
塩が無くては　人は生きられない

人と海は　つながっている
長い歴史と固い絆で

海は母　生き物を産み育て　幾年も幾年も
この広い広い海が　地球の源《みなもと》
生命《いのち》の故郷《ふるさと》
寄せては戻り　戻っては寄せる波
さあ、来るのだ　私のもとへ
さあ、来るのだ　まっしぐらに
ザーッ　ザザー　ザーッザザーン　ザーッザザー　ザーッザザーン

呼吸のように　規則正しく
生命《いのち》の波　生命《いのち》の証明
海に入ると
体中の　皮膚のいたるところから　塩水が浸みこんで　ＤＮＡまで目覚め始める
海と私は完全に一体化して
くらげのように波間に漂い　心を満たす

ザザーッ　ザザーン　ドバーン　ザザザーン

海は　何千何億の死骸を集めて洗い　また生命《いのち》に返す
みんな故郷《ふるさと》に帰る
生命《いのち》の源《みなもと》の海へ

海の青は地球の青　青い海が地球を包み
人は地球で生活する
けれどいつも
海のことを考えずに毎日過ごす
すっかり忘れてしまう

「痛い！　あっ！」
夫が　くらげに刺された！

このことは覚えていても

大樹林

樹液の躍動が聞こえるだろうか
この大樹の
天までも突き抜かんとする生命の鼓動が
聞こえるだろうか

今一人　森の中に立ち尽くすとしよう
そうしたならば　地面を踏み締めて欲しい
まるで自分の体内から根っこを何本も出して
地中に含まれた　ありとあらゆる栄養分を
全て吸い取ってしまうかのように
固く踏み締めて欲しいのだ

さあ
混沌とした日常を生きるストレイシープ達よ
迷わずに　森へ行け

森の大地を　足の指で　踏み締めよ
そうしてそこで根を下ろし
己の生命と対峙せよ

そして
計り知れないＤＮＡの記憶の扉を開《ひら》け
森の静寂を破らぬように深呼吸して
手と足を思いっ切り　どこまでも伸ばして
自己同一性《アイデンティティー》の意味を問うがいい

大樹林が大地に甦る時にこそ

新しい世紀を担う生命の群れが
高らかに皆　喜びの産声を上げるのだ

言霊《ことだま》

一億三千万人の口から
幾兆もの言葉が迸《ほとばし》る

それは
カタカナや
平仮名や
時に漢字交じりの慣用句
あるいは英語などの外国語

喜ぶ時　悲しむ時　辛い時
人は言葉を口から紡ぐ

生糸がカラカラと音をたてて
かせ繰り機に絡みついていくように
一つの言葉や文章が
口から紡ぎ出されていく

生を得た言葉や文章は
生き生きと縦横無尽《じゅうおうむじん》に駈け巡る

「どうしたん？
大丈夫？」

何気なく交わされる日常の言葉が
人を助け支えていく

「おかあさん」

その言葉一つで元気になる

一つひとつの言葉に魂が宿り
街や国や世界に
灯をともしていく

人の世がこうして続いてきたのも
人が言葉を紡ぐから

美しい言葉の連鎖がこの世を作り
未来永劫《えいごう》人の世は受け継がれていく

異国

雑踏ひしめく街
もう夜遅いというのに
多くの人々が、商店街を行き交う
ショーウインドーには絹のワンピース
買い物かごには油菓子

そう
ここは異国
周りは誰も知らない異国の人達
日常の呪縛《じゅばく》から解き放たれた素《す》の自分が
見知らぬ国を闊歩する

財布には異国の紙幣
街にはターバンの人も居り
皆思い思いに前を見て
せわしなく行き過ぎる
私に気付きもせずに

今は何も考えたくない
街という絵の一部分として
息を殺してひたすら歩く
まるで修行僧のように

何かを忘れたくて
ここへやってきたのか
何かを手に入れたくて
ここへやってきたのか

それは
わからないけれど
今確かに異国の地にいる

明日は日本へ帰国する
その前に
今日はゆっくり休もう
歩き疲れた四肢《しし》を投げ出し
眠りにつこう
街はまだ賑《にぎ》やかだ

人と人

人と人が集《つど》う時
心と心が通い合って
温かい輪ができると
みんな仲間になる

人と人が働く時
行動と行動が上手く組み合わさって
一人ひとりが助け合うと
大きな仕事ができる

人と人が団結する時
言葉と言葉が柔らかく行き交って

相手を敬う気持ちが溢れると
素晴らしい組織ができる

人と人が議論する時
思考と思考がバランス良くぶつかって
現状を少しでも向上させていこうとすると
エネルギーが満ち満ちてくる

人と人が認め合う時
信頼と信頼が強い絆で結ばれて
そこに深い愛情が湧きあがってくると
安らかな居場所が出来上がる

人と人が許し合う時
自我と自我が闘うことなく

労《いたわ》り合う気持ちが滲《にじ》み出てくると
穏やかな関係が育ってくる

人と人が学び合う時
知識と知識が絡み合いながら広がって
互いに高め合う意識が張りつめると
心地よい生きがいを感じることができる

そして何よりこの世界で
人と人が共に生活して
秩序と規則と愛を重んじる時
社会は平和に保たれる

福の神様の足あと

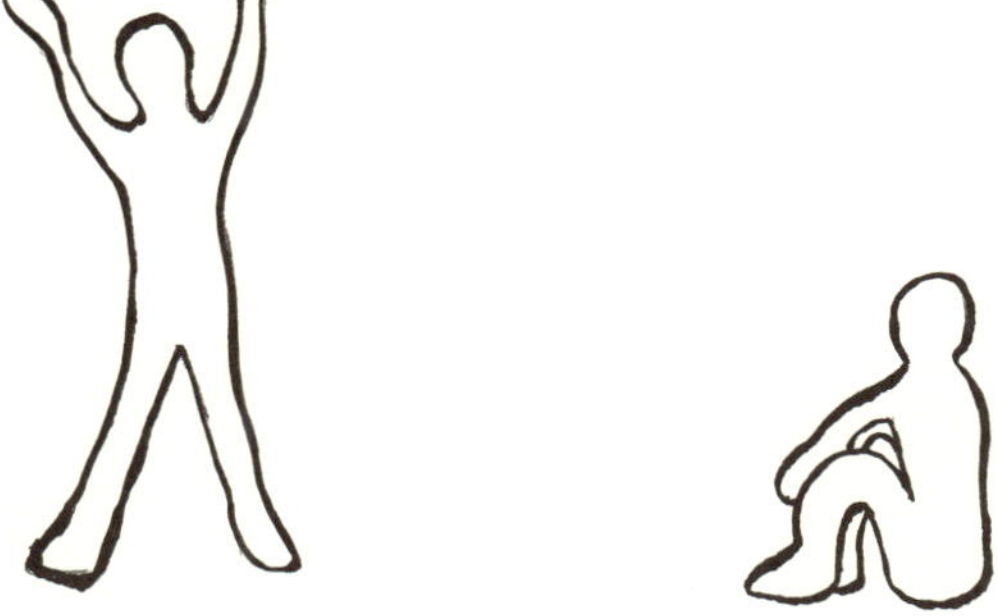

福の神様の足あと

「あっ！　これ、福の神様の足あとだ！」

そう言って
子どもたちが指さしたところに
あったのは

足あとではなく
黄水仙の花

節分で
鬼を退治したあと
やってきた福の神様が歩いたあとには

黄水仙が
連なって花開く

それが
福の神様の足あと

黄色の花が
その小さな口で
歌うように
咲いている

さあ、目を覚ませ
皆で歌おう
春が
ここにも

やってきたよ

風に揺られながら
黄水仙が歌う春の歌

こどもも歌う春の歌
虫たちも歌う春の歌

空いっぱいに
歌が
あふれる

歳《とし》を重ねるということは

夫を持ち子を産み育て
糊口《ここう》を凌《しの》ぐ
瑣末《さまつ》な生業《なりわい》の中

人は何故《なにゆえ》に時に蹂躙《じゅうりん》され
世事《せじ》に日ごと翻弄《ほんろう》され
心を無くしてしまうのか

心をしっかりと覆っているはずの
やさしさとか
ただしさとか
けなげさとかが

あるいは
欲望やら
虚栄心さえもが

はらりはらりと
一枚一枚
剝《は》がれて落ちていく

まだ薔薇のように真っ赤に派手に刺々《とげとげ》しく
競い咲き誇っていたのはこの前だ
滴《したた》る露を花弁《はなびら》に乗せて上機嫌で
濃い緑の葉をこれでもかと伸ばしていたね

ところが

ある日密《ひそ》やかに
枯れ葉が足元に堆く積もっていて
その落ち葉を一枚一枚丁寧に眺めている
自分の知らない　脆弱な自分がそこに居《い》る

また年の瀬を迎えるというのに
財布の中の空《から》っぽは気にしても
インフルエンザの蔓延《まんえん》は気にしても
解《ほつ》れたズボンの裾を繕《つくろ》いもせず

歳を重ねるということは
こういうことかと
ふと思う

老いていく前に

老いていく前に
老いていく前に

何とかしなければならない
何かをしなければならない

老いていくことは
置いていくこと

若さや　情熱や　しなやかさや
その他一切を
置いていくこと

置いていくことは
負いていくこと

今までの自分が成してきたこと全てを
負いていくこと
いいことも　悪いことも
家族も　友達さえも
負いていくこと

負いていきながら
追いていかねばならない
先人の通った道を
小走りに

老いていく前に
置いていかねばならない
老いていくことで
負いていかねばならない
老いていきながら
追いていかねばならない
老いていく前に
果たして何ができるだろうか

何を必要としているか

何を
今必要としているのだ
澱《よど》んだ溜息が
一つ口から洩《も》れる

何かが欠乏している
それは間違いない

けれども
何が必要なのかは
わからない

スクランブル交差点の真ん中で
立ち止まってしまうかのように
流れに乗れないまま
己を見失う

必要なものは
いったい何？

序章

旅人の在《あ》りかを探るように
風が吹いて
木の葉を揺らし
蓑《みの》虫が揺れ

アスファルトに
足跡《あと》が無数に付いて
昨日の足跡を消していく

時計のベルで
ふいに呼び覚まされた感覚が
現実という名の透明な血脈を通って

幻想から抜け出していく

一日一日
この世界中
生きとし生けるもの
連鎖反応を繰り返しながら

生を紡ぎ
祝杯をあげ
今日という日に
ようやく巡り逢えた

あとがき

『追尋』とは、「目的を達成しようとして追い求めること」です。この題名は、今後の自分自身への想いを込めてつけました。この詩集を読んでくださった皆さんは、今後何に対し『追尋』していくのでしょうか。

詩作を通して私は以前当たり前のように思っていた日常が、こんなにも愛おしいものであったことや、人の命の素晴らしさや、家族を含め人と人との深い絆を再認識しました。人として生きて行くことは案外大変で難しいものですが、歩んできた道を振り返ると、何ものにも代えがたい様々な出会いや出来事が人生には溢れ煌めいています。いつもは閉じられている懐かしい幸せの引き出しを、この詩集『追尋　―言葉を紡いで―』を読むことで一つひとつ開けて行って欲しいのです。この詩集があなたの引き出しの鍵になれたらと思います。そして言葉の持つ力を感じていただけたら幸いです。

上梓するにあたり御尽力いただいた、文芸社の方々には心から感謝申し上げます。また、読んでいただいた方々にも謹んで御礼申し上げます。

年11月　第８回四日市短詩型文学祭　四日市市文化協会賞受賞)、「福の神様の足あと」、「老いていく前に」、「何を必要としているか」、「序章」（Ｈ23年12月20日　中日新聞夕刊に載せる)

＊ほとんどの作品が詩誌『みえ現代詩』（津坂治男氏主宰）に載ったものです。他は、児童文芸誌『あの津っ子』、『教育文芸みえ』、などに載ったものです。

＊他、ポエム・フェスティバル、詩のボクシング三重県大会などにも参加し、詩の朗読をしました。

＊尚、流通本『追尋』を上梓するにあたり、本人により全体に加筆訂正をしています。

著者の作品及び活動について

＊Ｈ21年10月出版『人間讃歌』（私家版）に収録作品
「31ｗ４ｄ」、「抜殻」（Ｈ15年11月　中日新聞「中部の文芸」欄に詩評が載る）、「まなざし」、「抱擁」、「胎内記憶」、「詩を作ること」（Ｈ20年３月　第17回鈴鹿市文芸賞　優秀賞受賞）、「今」、「介護する前のこと１～４」（Ｈ21年２月　朝日新聞　展望三重　文芸欄に紹介される）、「マイ　ウエディング」、「母の旅立」、「幻想」、「父の贈り物」、「試験監督の時に見た夢」、「撫でる」、「ぼんやりした一日」、「買えない物」（Ｈ20年６月　詩誌『詩と詩評』に詩評が載る）、「生命の故郷」、「大樹林」（Ｈ21年３月　第17回岐阜県文芸祭入選）、「異国」、「人と人」、「歳を重ねるということは」

＊今回新しく『追尋―言葉を紡いで―』に収録した作品
「夜汽車」、「天の花」（Ｈ23年11月　第10回四日市短詩型文学祭　伊藤桂一賞受賞）、「追懐」（Ｈ24年３月　第20回鈴鹿市文芸賞最優秀賞受賞）、「モノクロームの残像」（Ｈ22年11月　第９回四日市短詩型文学祭　四日市市市議会議長賞受賞）、「とてつもない怒り」、「氷砂糖を噛んだら」（Ｈ22年７月　中日新聞「中部の文芸欄」に詩評が載る）、「置いてきぼり」、「時の捕虜」、「言霊」（Ｈ21

著者プロフィール

村山 砂由美（むらやま さゆみ）

1964年　三重県に生まれる
詩誌「みえ現代詩」同人
児童文芸誌「あの津っ子の会」同人
三重県詩人クラブ所属

現在　三重県四日市市在住

2009年　詩集『人間讃歌』出版（私家本）
2011年　三重県文化新人賞受賞
　　　　第十回 四日市短詩型文学祭詩部門 伊藤桂一賞受賞

詩集　追尋《ついじん》　—言葉を紡いで—

2012年4月15日　初版第1刷発行

著　者　村山 砂由美
発行者　瓜谷 綱延
発行所　株式会社文芸社
　〒160-0022　東京都新宿区新宿1－10－1
　　電話　03-5369-3060（編集）
　　　　　03-5369-2299（販売）

印刷所　広研印刷株式会社

ISBN978-4-286-11682-2